ALFAGUARA **Grup Promotor**

www.alfaguaraij.cat

ALFAGUARA

Grup Promotor

www.alfaguaraij.cat

Títol original: *EL NIÑO QUE VIVÍA EN LAS ESTRELLAS*

Torrelaguna, 60
28043 Madrid
Telèfon: 91 744 90 60

Frederic Mompou, 11 (Vila Olímpica)
08005 Barcelona
Telèfon: 93 221 17 90

ISBN: 978-84-8435-516-8
Dipòsit legal: M-33.784-2008

Primera edició: abril 1996
Dotzena edició: juliol 2008

Disseny de la col·lecció:
Manuel Estrada

Printed in Spain

El nen que vivia als estels

Jordi Sierra i Fabra

Il·lustracions de Carme Solé i Vendrell

Traducció de Pere Martí Bertran

ALFAGUARA

Grup Promotor

A María José Gómez-Navarro,
que es va enamorar d'aquest llibre.

Aquesta història es basa en un fet real.
S'esdevindrà demà.

Primera part:
El nen perdut

Capítol 1

Ni com em dic, ni qui sóc, ni allò que faig o deixo de fer, ni el lloc on visc no tenen cap importància en aquesta història. Podia haver estat jo o qualsevol altre metge, i podia haver passat aquí o en qualsevol altre lloc. Hi ha vegades que els detalls són tan insignificants que no fan altra cosa que confondre el que és més essencial: el to, la forma i el fons d'allò que es vol intentar explicar. Malgrat tot, em fa l'efecte que almenys m'he de presentar. D'aquesta manera tot serà més comprensible. I en arribar al final... que cadascú faci examen de la pròpia consciència. Els casos mèdics solen tenir un espai ben minso als mitjans de comunicació, fora que no siguin d'allò més sensacionalistes. Són meres notícies, sovint a la secció de successos. I para de comptar.

Aquest va començar com un cas mèdic.

Em dic David Rojas i sóc psiquiatre. Treballo en un hospital com el que tens a la vora de casa o com el que coneixes pel fet d'haver-hi anat a veure algú, o alguna vegada d'urgències, qui sap. És tot el que et cal saber; tot i que, potser, hi hauria d'afegir que m'agrada la feina que faig, que sóc metge per vocació, que m'agrada tractar amb la gent i aprofundir en allò que més desconeixen: la pròpia ment. Si a algú li fa mal l'estómac, vol dir que alguna cosa no hi rutlla per allà dins; i si a algú li fa mal un peu, quatre quarts del mateix. Però hi ha molta gent que ni tan sols sap que té mal al cap, perquè hi ha molts mals de cap que no es curen pas amb aspirines. N'hi ha de tan interiors, de tan especials, que la majoria de vegades aquell ésser humà és totalment ignorant de la seva malaltia. La societat els anomena, aleshores, bojos. I ja se sap que els bojos cal tancar-los en aquestes presons situades en el més enllà de la raó que són els manicomis, per molt que ara els anomenem sanatoris mentals.

Aquell dia de primavera, seia al despatx de l'hospital, poca estona abans de començar la ronda de visites i les sessions de teràpia individual que tenia amb alguns casos concrets. Els metges que operen algú de l'estómac saben perfectament on han de buscar quan obren el pacient. Els psiquiatres no podem pas obrir el cap del malalt; i si poguéssim, tampoc no serviria de ben res, perquè el mal no és a la vista. Vet aquí perquè les nostres operacions consisteixen en llargues xerrades, preguntes, respostes, temps. I no ens en sortim pas sempre. De vegades això és el més trist. I dic de vegades perquè els avantpassats, les velles civilitzacions, i encara avui dia alguna d'escadussera, tractaven els bojos com a éssers privilegiats, com a persones il·luminades, com a gent amb un do meravellós. Per això els respectaven i els veneraven.

La nostra societat, per sort o per desgràcia, ¿com ho podem saber?, és diferent.

Cap a un quart d'una, van obrir la porta del despatx. Era la Nandra (en realitat es deia Alexandra, però des de petita que l'anomenaven així), la meva infermera. Es va acostar a la taula i va esperar que aixequés el cap i li preguntés què volia. Així que li vaig veure els ulls, vaig notar que no tenia l'expressió de sempre, la que li coneixia tan bé i tant em plaïa. La Nandra era una noia bonica, que s'havia de casar al cap de pocs mesos, i si treballava amb mi era tant per la seva eficiència com pel seu estat d'ànim, sempre disposat, o millor dit predisposat, a l'alegria i a l'energia. Els meus pacients ho necessitaven tant com el que jo pogués fer per ells.

–Què passa? –vaig preguntar en veure que no deia res.

–Han portat un nen... –van ser les primeres paraules.

–Un nen? Bé, i què vols...

–L'han trobat aquesta nit vagant pels carrers, els urbans, sol i perdut.

–I què ha dit?

–Res. No parla.

–Que és mut, que té un xoc...?

–Més valdrà que el vegis tu mateix.

La Nandra no se solia impressionar ni afectar per gairebé res. No és pas que tingués el cor dur, no; ni que amb tants anys de tractar malalts mentals ja s'hagués insensibilitzat, tampoc. Tenia molt clar que havia de ser forta, ja que només d'aquesta manera podia estar permanentment en disposició de donar el millor de si mateixa als altres. Prou l'havia vista plorar per algú, afectada o impressionada, però al pacient de després ja el tractava amb el mateix dinamisme i intensitat, amb el mateix afecte i determinació. Si el seu rostre traspuava aquella gravetat, volia dir que el nostre nen perdut havia de ser ben singular.

Fins a quin punt ho devia ser?

Ho vaig saber així que es va retallar en el marc de la porta del despatx.

Capítol 2

Devia tenir cap a set anys, tot i que he de reconèixer que em vaig equivocar, perquè aleshores esperàvem el primer fill i precisament jo no era pas allò que se'n diu un expert en criatures. Li vaig fer cap a set anys perquè era molt petit, menut, prim com un filaberquí, gairebé com els nens que podem veure a qualsevol telenotícies dels que parlen de camps de refugiats o dels horrors de qualsevol guerra. Duia pantalons curts, una samarreta que temps ha devia haver estat multicolor, i unes vambes sense mitjons. Anava brut, molt brut; duia els cabells llargs, molt llargs; i tenia la pell blanca, molt blanca. Tan blanca que...

Duia ulleres fosques, unes ulleres fosques enormes.

–Treu-li les ulleres –vaig demanar a la Nandra.

La infermera, en comptes de fer el que li havia demanat, va anar de dret a la finestra del despatx, en va abaixar la persiana i en va fer córrer les cortines, fet que va deixar l'estança en una penombra tan pregona que vaig estar a punt de connectar el llum de la taula. Ella mateixa m'ho va impedir.

–Aquest matí –em va dir–, ha semblat que es tornés boig amb la claror del sol. Semblava que l'afectés molt i molt.

–L'han portat a l'oftalmòleg?

–No.

–Vaig mirar el nen. Començava a moure's, com si amb la pèrdua de la claror pogués veure millor on era. Tenia el cos quiet, però bellugava el cap. Malgrat tot, la reacció principal la va tenir quan la Nandra li va treure les ulleres. Aleshores...

El nen va parpellejar un parell de vegades, com si l'«excessiva» llum encara l'afectés d'allò més. Però la reacció següent va ser molt més reveladora. I per reveladora vull dir que em va deixar astorat. Així que va poder centrar els ulls en mi, es va tirar cap a un costat i es va protegir darrere una butaca. No pas per amagar-s'hi, al contrari, va alçar una mà i va fer veure que em disparava amb alguna cosa, com si jugués, com si hi tingués una pistola imaginària. Quan va veure que no passava res, es va mirar la mà i, tot seguit, amb cara de sorpresa, va començar a mirar al seu entorn. Va tocar la tauleta que hi havia al costat de la butaca, com si n'estudiés la textura. Va tocar el terra. Va tocar la paret. La Nandra estava immòbil. Jo també. No havia vist mai res semblant.

Quan em vaig alçar, el nen va iniciar un altre gest: va semblar que mesurés l'habitació i tot d'una es va precipitar cap a la porta, per on havia entrat. La Nandra li va impedir de sortir, i ho va haver de

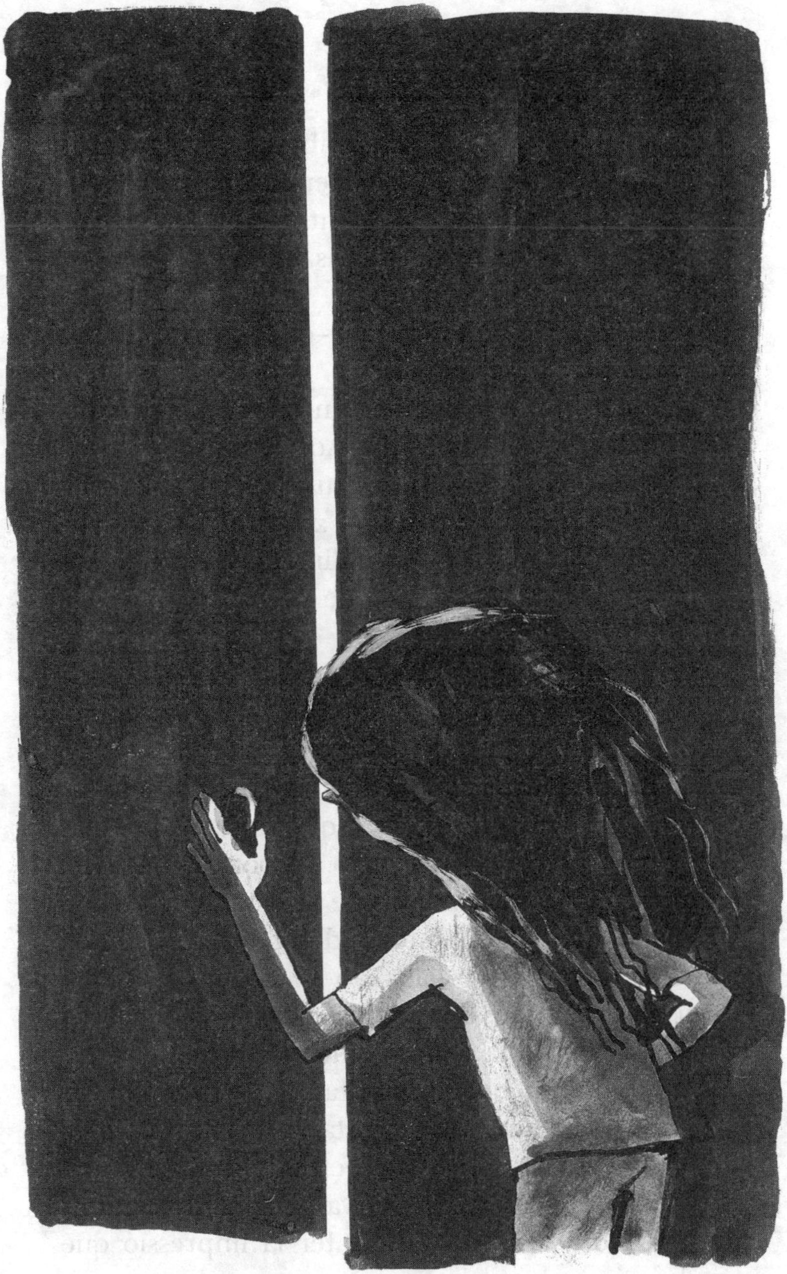

fer amb contundència, no amb violència, perquè així que es va sentir atrapat per les seves mans, el nen, s'hi va debatre un moment.

Tot i el moviment dels llavis, no en va sortir ni un so.

–Ja veus què volia dir, ara? –em va preguntar la infermera tot acostant-me'l.

De veure-ho, ho veia, però no gaire res més del que tenia al davant dels ulls. Aquell nen estava sol, desorientat, neulit, amb desajustos mentals i físics seriosos. I no podia pas ser un xoc únic i recent. La pell blanca, la magror, el neuliment, tot plegat era un presagi d'alguna cosa que venia de lluny, de molt lluny.

Segurament que d'anys enrere.

Me'l vaig mirar i em va mirar. Li vaig veure una carona rodona, uns llavis d'allò més prims, un nas afilat, una mirada ferma. I allò que denotava aquella fermesa em va fer adonar que no em tenia pas por, però sí respecte, precaució. La por és una de les manifestacions més evidents de la mirada de qualsevol malalt mental: por a tot el desconegut pel fet de sentir-se inferiors, esclaus de la pròpia debilitat. Aquell nen em desafiava, però sense odi ni rebuig viscerals. M'estudiava tant com jo l'estudiava a ell.

Vaig obrir un calaix de la taula. Va fixar-s'hi. Es va posar tens i amb la mà dreta va tornar a prémer una pistola imaginària. Quan en vaig treure el caramel i l'hi vaig oferir, no el va agafar. El va mirar amb el front arrugat. Em va fer la impressió que era la primera vegada que en veia un, de caramel.

19

Va ser una sensació estranya, de part meva. Per això, jo mateix l'hi vaig desembolicar i l'hi vaig acostar als llavis. La primera reacció va ser de rebuig. Al cap d'una mica d'insistir-hi, va parar de bellugar el cap i de regirar-se entre els braços de la Nandra. Va ensenyar una punta de llengua rosada, el va llepar, i va acabar obrint la boca. L'hi vaig ficar a dins.

Aleshores va ser quan va pronunciar la primera paraula.

–Més.

La Nandra i jo ens vam mirar.

Tots dos ens vam adonar que, passés el que passés pel cervell d'aquell infeliç, ens esperava una feina àrdua si volíem aconseguir una resposta respecte del que podia haver-li passat. Tan àrdua, possiblement, com prolongada.

Capítol 3

Va ser la primera vegada que vaig demanar a la Nandra que es quedés. La necessitava. És clar que podia començar sol, però em va semblar millor deixar-li la feina «bruta» que hi pogués haver, de manera que a mi em veiés com un amic, o un aliat, o el que fos. Així jo em podria limitar a parlar-hi i a tractar d'obrir bretxa en aquella muralla que l'aïllava del món exterior. El caramel en va ser el primer pas. El segon, asseure'l en una butaca, res de divans, i parlar-hi a poc a poc i amb tendresa, una cosa que de ben segur necessitava. Vaig agafar un altre caramel del calaix i l'hi vaig ensenyar.

El nen va obrir la boca, no va fer res per agafarlo. Només va obrir la boca.

–Que em pots entendre?

Va continuar amb la boca oberta.

–Com et dius?

Es va quedar exactament igual.

–Jo sóc en David i ella és la Nandra. No et volem pas fer mal.

Res. No vaig tenir altre remei que donar-li el segon caramel, amb la mateixa operació d'abans. Un cop el va tenir a la boca, el va mastegar amb avidesa, més per gana que pel fet de tractar-se d'una llaminadura. Tot mastegant-lo, va tornar a repassar el despatx, de vegades amb el front arrugat, d'altres com buscant alguna manera de sortir-ne, perquè inevitablement acabava amb els ulls clavats a la porta.

–Que en saps alguna cosa, de tu mateix?

Em va mirar fixament.

–I els teus pares? On vius?

Era com parlar amb una paret. La Nandra el va asseure al seu costat i li va agafar una mà. El nen va tenir un estremiment i va clavar-li aquells ulls tan estranys, uns ulls que feien l'efecte de mirar sense veure-hi, i de percebre sense discernir. De bon primer li va mirar el rostre, després els pits. El que va fer va ser tan estrany com el que havia anat fent fins aleshores. Amb la mà lliure li va tocar els llavis, després... un pit. La Nandra no es va moure, el va deixar fer. La impressió resultava tan forta com evident. Semblava que fos la primera dona que veia, o almenys...

La mà del nen es va enfonsar en el pit de la Nandra. Li devia haver agradat aquella sensació tova. La'n va treure, però de seguida hi va tornar. A la tercera, la va mirar. La Nandra hi va parlar per primera vegada com jo mateix ho hauria fet.

–Som amics teus, no et volem fer cap mal. Saps parlar?

El nen va dir que sí amb el cap.

–Jo em dic Nandra, ja ho has sentit. Ens agradaria saber com et dius tu.

–Tu –va dir el nen.

Era la primera paraula que pronunciava; és a dir, la primera que responia directament, perquè el «més» d'abans havia estat una altra cosa, un impuls; per això ens va causar tan bona impressió. En la nostra feina, de vegades un primer passet resulta ser un pas de gegant. La infermera va sospirar i va somriure satisfeta. Va continuar acariciant la mà del pacient i després li va amoixar el cap. El nen la va olorar així que la va tenir tan a la vora. La Nandra sempre feia molt bona olor.

–Bé! Saps parlar –va dir la Nandra–. Digue'ns alguna cosa, el que vulguis.

–Posició número dos, quadrant set. Segona via. Busco camí de tornada.

Va ser tota una tirada de mots, però tots dos vam continuar in albis com abans. La Nandra i jo vam intercanviar una mirada ràpida. L'èxit d'haver-li fet pronunciar les primeres paraules, de moment quedava enfosquit a causa del significat tan críptic.

–Com et dius? –vaig insistir.

–Tu –va repetir al cap d'un moment d'haver-me mirat fixament.

L'altra vegada ens vam pensar que havia repetit l'última paraula de la frase de la Nandra. Ara ens adonàvem que no es tractava pas d'això.

–Tu? Quina mena de nom és aquest? No en tens cap altre de més interessant?

–Tu, vine, menja, estigues, merda, Joan, calla, a dormir, porcassàs...

Em vaig repenjar al seient. Era massa fort per a mi, perquè no tenia res a veure amb tot el que havia estudiat o fet fins aleshores. Les respostes del nen eren inconnexes, però era evident que ara ell tractava de comunicar-se amb nosaltres; el que deia, doncs, havia de tenir un sentit, almenys per a ell mateix; si no l'enteníem, per al nostre pacient, els bojos devíem resultar nosaltres. Com quan algú et parla en una llengua que no entens, i l'altre queda parat que no l'entenguis, de manera que t'ho torna a repetir fil per randa, però més a poc a poc. En veure que res no canvia, encara hi queda més, de parat.

–Què és això de «Posició número dos, quadrant set. Segona via. Busco camí de tornada»? –va preguntar la Nandra.

–Clau –va dir el nen–. Variació galàctica. ¿És una interfície això?

–Interfície?

–Punt d'inflexió. ¿Enemics?

–Nosaltres som amics –vaig mirar d'aclarir-li.

Aleshores em va mirar fixament, i em va semblar albirar en els seus ulls alguna cosa més del que hi havia vist fins aleshores. Va ser la cosa més semblant a una súplica, allò que hi vaig intuir.

–Vull retornar –va demanar el nen.

–A on? –vaig voler saber.

–Casa

–On és casa teva? On vius?

Ens pensàvem que anàvem pel bon camí, però tot es va esfondrar amb un gest, amb aquella reacció inesperada.

El nen va estirar el braç dret i amb l'índex ben rígid va assenyalar el sostre del despatx, després la porta, i la finestra, i altra vegada el sostre.

–Vius en un lloc elevat? –vaig mirar d'esbrinar.

Es va quedar quiet, assenyalant cap amunt.

–Que es tracta d'una muntanya?

Va semblar que el dit índex tirava amunt, més amunt.

–El... cel? –va dir amb vacil·lació la Nandra.

I va arribar la resposta final.

–Andròmeda.

Capítol 4

Quan vaig arribar a casa, la dona i l'embaràs de gairebé nou mesos em van sortir a rebre; ella amb el somriure als llavis, com sempre. La vaig abraçar, li vaig fer un petó, em va agafar la mà i se la va acostar al ventre, i li vaig fer la pregunta de rigor.

–Com ha anat avui?

–Mogudet –va respondre–. S'ha bellugat contínuament.

No m'enduia mai els problemes de la feina a casa, sempre els deixava aparcats al despatx. De vegades era molt difícil, per no dir impossible. Hi havia casos que em xuclaven, que m'envaïen. Casos com aquell. Ho sabia. Així que vaig veure el nen, que el vaig escoltar, que en vaig observar les reaccions... Déu meu, Déu de déus!, alguna cosa va començar a funcionar diferent a dintre meu. Tenia els seus ulls ficats al cervell. Ni tan sols pensava que pogués ser un cas apassionant o únic o qualsevol altra ximpleria semblant. Només tenia al davant un nen sol, perdut, indefens.

També pensava en els seus pares, en com devien

estar patint mentre el buscaven, tot i que la policia ens havia dit que, ara com ara, no hi havia hagut cap denúncia per desaparició infantil.

Encara no feia un quart que era a casa que la meva dona ja em va preguntar:

–Què tens avui?

I vaig explicar-li-ho. No sé ben bé per què, però el cas és que li ho vaig explicar tot. A punt com estàvem de ser pares, podria molt ben ser que el punt de vista de la Lídia il·luminés una mica un cas tan fosc i críptic; perquè en moments així, més que un psiquiatre, em sentia un cec perdut en un món d'ombres, buscant qualsevol claror.

–Andròmeda? –va repetir quan vaig arribar a la paraula.

–Només te'n puc dir que es tracta d'una galàxia o una cosa semblant, situada a no sé pas quants anys llum, i la veritat és que ni tan sols m'atreviria a jurar que existeixi de veritat, tot i que l'he sentida anomenar en moltes pel·lícules de ciència ficció.

–Et sembla que jugava?

–No.

–Doncs..., no deu pas ser un nen... –va dir amb vacil·lació la meva dona.

–Un extraterrestre? –vaig gosar dir amb un mig somriure forçat.

–La forma de parlar, les coses que dius que ha dit... Sona a nau galàctica i a espai i a tot això.

–Quant fa que creus en extraterrestres?

–Jo ni hi crec ni hi deixo de creure, però ja saps que estic oberta a tot.

–Va, Lídia. Parlem de coses serioses.

–No m'ho agafo pas de broma, tot al contrari. Si resulta que el nen té pertorbades les facultats, hauràs d'esbrinar per què està convençut que prové de l'espai, però si no les hi té..., bé caldrà preguntar-se per què creu que en ve. Què més li heu fet?

–Havent acabat, l'hem portat a l'oftalmòleg –vaig continuar explicant–. Em preocupava allò dels ulls.

–I què?

–Segons el metge, és un nen que no està habituat a la llum solar. De la mateixa manera que està neulit, que li manca una mica de tot per al creixement i té des de raquitisme fins a manca de mobilitat als braços i les cames, sembla que té la vista cansada, un cansament ferotge, però no natural. L'oftalmòleg de l'hospital ha dit que no havia vist mai res semblant, i encara menys en un nen tan petit.

La Lídia es va estremir.

–Però... bé deu haver hagut de sortir d'un lloc o altre, bé deu tenir pares, algú que en tingui cura, no ho sé...

–Al departament d'oftalmologia, i en algun altre dels que ha visitat amb la Nandra, encara hi ha tingut un comportament més peculiar del que havia tingut al meu despatx –vaig dir reflexivament–. En veure els aparells de raigs X, d'inspecció ocular..., tot allò, ja ho saps, ha tornat a «disparar», com si li fessin por; després, quan s'ha adonat que no passava res, s'ha entossudit a mirar-los per darrere, a tocar-los, a remenar-ho tot. És com si tot fos nou per a ell, totes les sensacions, com si no hagués vist mai res semblant. Un indi de l'Amazònia, trasplantat a la ciutat, no hauria pas actuat de manera gaire diferent.

–Però això que dius és impossible –va dir la Lídia.

–El nen... tocava les coses, i ho feia com si s'adonés per primera vegada que tenien un volum, ¿m'explico? Hi ha moments que tinc la sensació que la novetat principal provenia d'aquí, del fet de comprovar que es trobava en un espai de tres dimensions.

–Però què dius? –va exclamar la meva dona–. No hi ha ningú que pugui viure o pensar-se que viu en un món bidimensional.

–No acabes de dir que estàs oberta a tot, dona fantasiosa? –vaig dir amb un somriure cansat.

Tenia mal de cap, i no tenia gaires més ganes de continuar donant voltes a l'entorn del nen perdut. Vaig continuar parlant amb la Lídia amb prou feines un parell de minuts més, i li vaig demanar que em deixés sol. La primera cosa que vaig fer va ser buscar Andròmeda a l'enciclopèdia. Em vaig sentir força ridícul. Malgrat tot, la sensació que aquell nen no era normal, potser ni tan sols real, m'assaltava invariablement cada minut. Tenint en compte que com a metge i com a psiquiatre per damunt de tot sóc lògic i que baso tots els diagnòstics en proves i resultats fiables, només de pensar, per remota que pogués ser, en la possibilitat que m'hagués dit la veritat, em feia venir esgarrifances.

I qui, fora d'un nen o d'un boig, diu la veritat quan li preguntem qui és o d'on ve?

Em duria feina, molta feina. Sabia que aquell cas em xuclaria fins al punt de... no deixar-me viure, ni dormir, ni estar en pau amb mi mateix fins que no arribés al fons del fons.

Mai de la vida m'havia trobat amb un ésser més innocent, indefens, vulnerable i alhora tendre com aquell nen.

Capítol 5

Havia dit a la Nandra que no es quedés; per això el va entrar al despatx, el va fer seure en una de les butaques i es va retirar. Jo em vaig asseure a la butaca del seu davant. A l'estança regnava la penombra, i el petit pacient feia la sensació que estava més tranquil que el dia abans. Segons l'informe, havia dormit tota la nit com qualsevol nen, tot i que no tastava el menjar. Tot li feia fàstic. Si continuava d'aquesta manera no duraria pas gaire. No resultava fàcil calcular l'estat de les seves reserves, les forces o quina classe d'energia li permetia d'aguantar-se dret.

–Et recordes de mi? –li vaig preguntar.

–Sí –i va obrir la boca, fent clarament referència als caramels.

Em vaig alçar, vaig obrir el calaix de la taula i vaig tornar a seure amb mitja dotzena de caramels a la mà. Almenys era un aliment. Els hi vaig posar a les mans i es va quedar mirant-se'ls sense saber ben bé què fer durant uns dos segons. De seguida, però, se'ls va posar a la boca sense desembolicar.

–Ep, espera't!

No volia obrir la boca. Pràcticament em vaig veure obligat a forçar-lo que els escopís. Durant aquest conat de baralla ràpida, l'única forma de resistència, de lluita, que va fer servir, va ser l'habitual: «disparar-me», en silenci, sense fer altra cosa que aquell gest ja conegut consistent a prémer el gallet de la seva arma imaginària. Amb els caramels recuperats a la mà i ell una mica més tens, li vaig ensenyar com es feia: en vaig desembolicar un i l'hi vaig posar a la boca. Vaig desembolicar el segon i vaig fer el mateix. Després li vaig donar el tercer i li vaig demanar que ho fes ell. Em va mirar sense entendre-ho, i per això vaig agafar un altre caramel i, molt a poc a poc, en vaig anar traient el paper, intentant que s'hi fixés.

Va acabar imitant-me, i quan va veure que era capaç de fer-ho sol, la mirada li va guspirejar, en un guspireig de curiositat i d'èxit, de felicitat i sorpresa alhora.

Com si alguna cosa al seu interior, per remota que fos, se li acabés de despertar.

A la fi vaig reprendre la sessió, tot i que amb aquell pacient tan estrany, cada detall, cada coseta que s'esdevenia, era tan revelador com la millor de les seves possibles respostes. Jo, almenys, estava astorat.

O bé tot era nou per a ell o...

O què?

–Estàs bé?

Va moure el cap horitzontalment.

–Per què no estàs bé?

No hi va haver resposta, però va passejar la mirada pel despatx, com si fos la cosa més evident que tot allò li era estrany i, per tant, no es podia sentir bé.

–Com és casa teva?

Em va mirar, amb els ulls despullats, d'una innocència absoluta.

–Com et sembla que hi podries tornar, a casa?

Aleshores va cloure les parpelles, va col·locar les mans al voltant d'un volant imaginari i vaig tenir la sensació com que pilotés alguna cosa.

Alguna cosa semblant, certament, a una nau espacial, perquè el seu cos va seguir l'impuls imaginari de l'envol.

–On has nascut?

Silenci.

–Qui és la teva mare?

Silenci.

–Qui és el teu pare?

Es va mossegar el llavi inferior mentre buscava alguna cosa al cervell. Li va costar déu i ajut trobar-ho. Ho vaig notar perquè es va remoure a la butaca, va bellugar el cap, va agafar-se les mans i les va separar i finalment va tenir una esgarrifança ben visible.

–Vito –va dir.

No havia reaccionat a la pregunta de la mare, però sí a la que feia referència al pare.

–Es diu Vito el teu pare?

–Sí.

–Qui és el teu pare?

–Tot.

–Què vols dir amb això?

–Tot.

–T'estima, et mima, et dóna menjar...?

–Em dóna el poder.

–Quina mena de poder?

Hi havia preguntes difícils i d'altres que responia gairebé amb rapidesa. Es veu que aquesta precisament va ser de les més senzilles, perquè la resposta va ser tan natural com simple:

–El poder universal.

Vaig tractar de posar-me a la seva alçada, de seguir el fil d'aquell reguitzell d'inconcrecions.

–El teu pare és l'amo de l'univers?

–No.

–Qui és l'amo de l'univers?

–Jo.

–I com ho saps, que ho ets?

–Guanyo.

–Què guanyes? A qui guanyes?

–Krulls.

–Què és això de krulls?

–Krulls.

–On n'hi ha, de krulls?

Va assenyalar cap al sostre, com el dia abans.

–I aquí? N'hi ha aquí, de krulls?

Els ulls li van pampalluguejar, traïts com per una mena de guspireig de por associat a un altre de decisió. Va fer una mirada ràpida al despatx, amb les mans premudes, com garfint les seves armes imaginàries. Es va relaxar així que es va adonar que no hi havia res ni ningú més i va tornar a clavar els ulls en mi, uns ulls tan abatuts com novament desconcertats.

I per primera vegada em va fer una pregunta, ell a mi.

–On sóc?

–En un hospital.

–Què és hospital?

–Un lloc per curar-hi persones.

–Persones?

–Gent, com nosaltres –em vaig assenyalar i el vaig assenyalar.

El nen es va mirar. El gest em va fer venir una idea. Em vaig alçar, vaig anar a la porta, la vaig entreobrir i, només amb el cap a fora, vaig demanar un mirall a la Nandra. Vaig veure com obria la bossa de mà i en treia el seu, que no era gaire gros. Quan vaig ser al davant del nen, l'hi vaig posar a la cara. Els ulls se li van esbatanar, de bon primer de sorpresa, després d'incomprensió. Van acabar amarats de tristesa.

–És una altra vida? –va preguntar.

–Vols dir que si ja ets mort? –vaig vacil·lar–. De ben segur que no. Que no és aquest el teu aspecte habitual? Si et toques te n'adonaràs, que ets viu.

Silenci.

–No et reconeixes a tu mateix?

Silenci.

–Saps per què hi ets, aquí?

–No.

–De veritat que no ho saps?

–No.

–Et van trobar perdut, vagant per la ciutat, sol.

Aquesta vegada es va quedar mirant-me, com si tot allò li anés entrant a poc a poquet a la ment. Va arrugar el front i el va mantenir arrugat un instant, fins que tot d'una va canviar l'expressió i va formular una altra pregunta, ben estranya.

–On és el poder? –es va posar les mans al cap i em va fer la impressió que estava a punt de plorar.

Em sentia fatal, impotent, incapaç de passar aquella barrera. Encara més, començava a pensar que tot el que havia après no em servia de res en aquell cas, perquè ni feia preguntes amb lògica, més aviat les feia a impulsos, ni seguia cap mena de patró. De quin poder parlava? Per què es palpava el cap, com si hi trobés a faltar alguna cosa?

Tot eren preguntes, i cap resposta.

–Com et dius?

Va dir el mateix que el dia abans:

–Tu, merda, calla, Joan, menja, estigues, porcassàs, a dormir...

Capítol 6

Hi havia parlat per telèfon, d'una manera imprecisa i ràpida, però ara el tenia al davant. L'inspector Roca feia la sensació de ser un home relaxat, molt diferent dels estereotips del cinema i de la televisió. Tenia uns ulls profunds, foscos, envoltats d'una ombra de tristesa que tant podia ser el cansament acumulat com l'experiència de tants anys. La veritat és que no em va fer gens estrany que hagués vingut personalment al meu despatx de l'hospital. M'anava adonant que tothom qui coneixia el nen, d'una manera o altra hi quedava envescat per una mena de sortilegi, aquella imatge indefensa i totalment vulnerable que atreia la tendresa com la mel les abelles. Aquell cos minúscul, aquells ulls, la suma de detalls i detallets aparentment fats en qualsevol altre nen.

–És boig, doctor?

Era la pregunta més difícil que mai m'havien fet.

–No, i malgrat tot...

–I malgrat tot què?

–Està malalt, naturalment. Confon la realitat amb

alguna mena d'il·lusió o de ficció, tot i que és molt complicat aventurar-ne un pronòstic.

–Continua dient que ve... d'allà dalt? –va semblar que el policia no gosava apuntar al cel.

–Sí –vaig reconèixer.

–És humà, oi?

–Almenys és com qualsevol nen –vaig assentir–, tot i les nombroses limitacions que té.

L'inspector Roca va tirar el cos enrere. No li feia cap gràcia el cas, era evident. Va esbufegar com una beluga ferida i es va enfrontar decididament amb els meus ulls.

–No tenim gaire temps, doctor –em va dir.

–Ja ho sé, però no puc fer més del que estic fent –vaig reconèixer–. Demà volia provar amb hipnosi, per molt que no en sigui gaire partidari, i encara menys amb criatures.

–Demà, diaris i televisió n'escamparan la fotografia. Si no hi ha ningú que el reconegui...

–Algú o altre hi haurà. Bé havia de tenir pares, família... devia anar a alguna escola.

–No hi ha hagut cap denúncia aquests darrers dies –em va recordar el policia–, ni aquí ni a cap altra ciutat de l'Estat, per llunyana que sigui. Fins i tot hem enviat la foto a altres policies, per un cas de casos. I sé de sobres que això de la denúncia no és suficient, perquè hi ha pares i mares que no es mereixen de ser-ne, que són capaços d'abandonar els fills, o d'anar-se'n de casa uns quants dies i deixar-los espavilar, però aquest nen...

–Sé a què es refereix –vaig comprendre de seguida.

Hi havia massa proves que l'estat del nen no era pas cosa de quatre dies, de no haver menjat o d'haver estat privat de la claror recentment.

–Continua sense menjar res? –va preguntar l'inspector.

–Li han posat una intravenosa, i aquí, mentre parlem, menja caramels. No és pas gran cosa.

–Que té fills, vostè, doctor? –em va preguntar tot d'una.

–Un de camí. Serà el primer.

–Jo en tinc cinc, i vint nebots, i el gran qualsevol dia em farà avi –va sospirar l'inspector Roca–. Però no he vist mai uns ulls com els d'aquest nen. Mai. Veritablement és com si no fossin d'aquest món.

–On el van trobar?

–A prop de l'autopista, cap al nord, en un descampat proper al carrer de la Pau. L'informe va ser d'allò més clar: semblava perdut i desorientat. Abans d'emportar-se'l, els agents van veure com s'agenollava, agafava una pedra i se l'acostava a la boca per mossegar-la, passava la mà per la terra i per les plantes d'aquell ermot. També va alçar els braços al cel, els va moure com per atrapar els estels... o per començar a enlairar-se.

–Han investigat per la zona?

El policia va encongir les espatlles.

–Què vol que hi faci? –va dir–. En un parell de quilòmetres a l'entorn només hi ha un centenar de barraques, algunes cases enrunades des que s'hi va construir l'enllaç amb l'autopista, restes d'edificis on ja no viu ningú o on es refugien pobres.

És impossible fer-hi cap batuda, i a més a més... no es tracta de cap delicte, sinó d'un nen perdut, un solitari nen perdut.

–Un nen diferent –vaig proposar.

–Un nen diferent –va acceptar l'inspector.

–Què passarà si per desgràcia no hi ha ningú...?

–Ho sap tan bé com jo. Hauria d'anar a un centre assistencial de menors, però en el seu estat...

–M'agradaria poder continuar el tractament.

–Pot cursar la sol·licitud...; però segons on vagi, pot molt ben ser que els metges d'allà s'estimin més tractar-lo ells mateixos –l'home es va posar dret, tot donant per acabada l'entrevista–. Per ara, m'estimo més ser optimista. Demà...

–Tingui'm informat de qualsevol progrés, sisplau –li vaig demanar.

–I vostè dels seus –va convenir l'inspector Roca.

Estàvem totalment d'acord, així que ens vam donar la mà i ens vam separar amb les esperances posades en l'endemà, en la fotografia que els diaris i la televisió escamparien arreu. L'esperança d'aquells que creiem en la lògica, per molt que de vegades ens faltin motius per creure-hi.

Capítol 7

Necessitava la Nandra per a la sessió d'hipnosi, per això li vaig demanar que m'acompanyés. Per regla general, els pacients se solen quedar asseguts i es comporten pacíficament, responen les preguntes d'una manera regular, sense alteracions. Només de tant en tant hi ha algun cas, escadusser, de reacció que va des de la incomoditat a la visceralitat. I no és pas que tingués por d'un nen, tot al contrari, però en aquell cas, el veia com un ésser tan dèbil i necessitat, que la presència de la Nandra, un toc femení, em va semblar que podia ser d'allò més útil.

El nen continuava negant-se a menjar; i tot i les atencions, el sèrum que li injectaven i les begudes que li daven quan estava endormiscat i no era conscient dels seus actes, encara tenia un aspecte pitjor i més demacrat que el primer dia. Fos el que fos, ens calia saber alguna cosa d'aquella criatura com més aviat millor.

El ritual per hipnotitzar-lo va funcionar gairebé com si es tractés d'un joc. En vaig tenir prou amb quatre paraules, demanar-li que es concentrés en l'índex de la meva mà dreta, mentre l'hi anava passant per davant dels ulls, i va traspassar la barrera que separa el món conscient de l'inconscient. Amb la Nandra a la vora, i jo assegut al davant, vaig començar l'interrogatori, amb ànsia verdadera i amb el cor que no m'hauria cabut al puny.

–Hola! –el vaig saludar.

–Hola! –va respondre.

–Saps qui sóc?

–David.

–Saps on ets?

–Hospital.

–Saps d'on véns?

–Andròmeda.

–Què és Andròmeda?

–Una galàxia.

–Vius a l'espai?

No hi va haver resposta, tot i que la va meditar. Vaig notar que li costava arribar a una conclusió lògica, com si hi hagués dues parts oposades per trobar-la.

–On vius?

–A... a casa –es va remoure inquiet, encara.

–I on és casa teva?

–No... ho sé.

–Per què ho dius, doncs, que véns d'Andròmeda, si tens la casa aquí?

Es va posar la mà al cap, i va semblar que hi trobava a faltar alguna cosa, gairebé amb el mateix gest i expressió que ja li havia vist fer el dia abans.

–Què busques?

–El poder.

–Què és el poder?

–Tot.

Vaig mirar la Nandra, incòmode. Continuava amb les respostes confuses, massa per a mi. En aquesta mena de joc mental, jo tenia totes les de perdre, perquè no feia altra cosa que donar bastonades de cec.

–El poder et fa arribar a Andròmeda?

–Sí.

–Per què?

–Els krulls.

–Qui són els krulls?

–Enemics. Es volen apoderar de l'univers.

–I tu ho vols impedir?

–Jo ho he d'impedir. Només ho puc fer jo. Sóc l'amo de l'univers.

Vaig tornar-me a mirar la Nandra. Si no hagués estat perquè veia aquell nen a un pas de la bogeria, si no l'havia fet ja aquest pas, veritablement hauria arribat a la conclusió que només volia jugar, i prou.

–On és la teva mare?

Silenci.

–I el teu pare?

–Vito.

–Sí, en Vito. On és?

–Caigut.

–Caigut? Com?

–Caigut –va insistir.

–On?

–Casa –va respondre abatut.

–Què faries si recuperessis el poder?

La resposta va ser plena de decisió i de coratge.

–Anar-me'n i lluitar.

–Com te n'aniries?

–Alineació de propulsors, activació d'escànners, situació en el panell de comandament de les coordenades de destinació, comprovació de les reserves energètiques, flux d'injectors...

Parlava de correguda, amb una seguretat increïble, com no ho havia fet mai fins aleshores, i les mans semblava que anessin recorrent un tauler imaginari mentre clavava la mirada en un punt llunyà, perdut al davant dels ulls. Era una bogeria, però li vaig fer la pregunta.

–Ja t'has enlairat. I ara què fas?

–Krulls –va respondre com si la paraula l'amarés, amb el front arrugat i un rictus d'ansietat que li omplia el rostre.

–Tens el poder, tornes a Andròmeda.

–Sí..., sí!

–Ets l'amo de l'univers.

–Ho sóc –va sospirar feliç.

–Són aquí, oi? Compte!

–Sí que hi són!..., sí que són aquí! –es va posar més tens. Les mans agafaven amb força un volant imaginari tot i que ell estava quiet. Tot d'una es va tirar cap a un cantó, va disparar– Té, maleït! Tocat... mort!

La Nandra em va mirar espantada.

–Per favor... –va mirar de dir-me.

Li vaig fer un gest ràpid. Encara no. Era perillós,

però havia guardat la pregunta final, sempre la mateixa. El nen lluitava a l'espai a vida o mort.

–Com et dius?

–A la dreta, rajos gamma! Posició tres cinc! Reserves al setanta per cent!

–Com et dius?

Va tenir una sotragada. No va deixar de lluitar.

–Tu, porcassàs, Joan, menja, vine, estigues, calla, a dormir...

–Desperta't –li vaig ordenar.

No va pas ser fàcil. La majoria d'hipnotitzats responen amb una simple paraula. Ell no. A més, no li vaig voler donar l'ordre habitual i dir-li que en despertar-se no en recordaria res. Volia que ho recordés. Volia enfrontar-lo al xoc de la realitat. Una part d'ell encara lluitava a l'espai. L'altra pugnava per retornar-ne.

–Desperta't ara mateix! –vaig ordenar-li.

Va quedar completament quiet, va parpellejar un parell de vegades i va tenir una sotragada, com si una mena de fred tenebrós li hagués entrat al cos. Va quedar-se així durant uns segons, fins que va anar abaixant les mans a poc a poc i va abandonar la posició de lluita. Al moment que els seus ulls em van trobar, va posar-se la mà dreta al cap.

No va trobar el que hi buscava i va deixar anar tot l'aire retingut als pulmons. El cor li batia amb força.

–Nandra, porta alguna cosa per menjar. El que trobis: un plat de llenties, si n'hi ha a la cuina, o una bossa de patates de màquina.

La infermera es va alçar sense preguntar la causa

de la petició, i va sortir ràpidament del despatx. El nen i jo ens vam quedar quiets, mirant-nos l'un a l'altre sense parlar.

Devia haver passat cap a un minut i encara estàvem igual, quan la Nandra va entrar amb un plat que contenia una cuixa de pollastre i patates rosses. Per un moment vaig pensar que el devia haver hagut de robar d'alguna safata, sense haver arribat a la cuina. Me'l va donar i el vaig col·locar a tocar la cara del nen. Ni tan sols el va mirar.

Aleshores vaig cridar:

–Tu, menja!

Es va estremir visiblement. Em va mirar, sense gosar dir res, o sense poder-ho fer, perquè tenia els ulls tan amarats de pànic com de sorpresa. Abans de reaccionar, va mirar la Nandra i tot seguit va començar a buscar amb la mirada alguna cosa, o algú, pel despatx.

–Merda! –vaig tornar a cridar, cosa que va sobresaltar la Nandra, que estava pendent del nen.

El nen es va tirar literalment al damunt del plat, en va agafar la cuixa i va clavar-hi mossegada. Ho va mastegar de pressa, però tot i això, vaig tornar a cridar per tercera vegada:

–Menja, Joan!

La cuixa de pollastre va quedar ben escurada com aquell qui diu sense adonar-nos-en.

Segona part:

La investigació

Capítol 8

Encara no feia un quart que el nen havia marxat i que havia menjat amb abundància per primera vegada, quan la Nandra va entrar altra vegada al despatx, excitada. Tot el que feia referència al pacient menut s'havia convertit en matèria prioritària. Sense perdre ni un segon em va dir:

–Ha vingut un home perquè ha vist la fotografia en un diari.

–Fes-lo entrar.

Em vaig posar dret i només vaig haver-me d'esperar un instant. La Nandra va precedir l'aparició d'un home ja gran, de cap a setanta anys, colrat de rostre, aspecte franc, ulls inquiets i moviments nerviosos. Duia uns pantalons senzills i una camisa amb les mànigues arromangades. Portava un diari sota l'aixella, doblat per la pàgina on apareixia la fotografia del nen. La infermera em va presentar, em va dir que es deia Faustí Vidal i ens va deixar sols. El vaig fer seure, sense presses, però de seguida ell mateix va fer la primera pregunta:

–Com es diu... aquest nen?

Vaig quedar una mica desanimat de cop. M'havia fet a la idea que el visitant l'havia reconegut, i pel que semblava...

–No ho sabem –vaig dir, i en part era veritat–. Per això precisament vam fer posar aquesta fotografia als diaris, per veure si algú ens ho podia dir.

–Ja ho entenc –va sospirar en Faustí Vidal.

–Jo no –vaig dir–. Si no el coneixeu...

–És que no ho sé del cert, ¿sabeu? –el to de veu es va tenyir de dolor–. Fa tant temps de tot plegat...

–Per què no m'ho expliqueu?

–Que el podria veure?

–Després. Ara m'agradaria que me n'expliquéssiu la història.

Va fer que sí amb el cap, va tirar-se endavant, es va recolzar en els braços de la butaca i va entrelligar-se els dits de les mans. Quan va començar a parlar, va fer-ho de manera pausada, amb veu encara adolorida, un dolor invisible, però palès.

–Vaig tenir un fill, doctor. Un fill que mai no ens vam avenir, des de petit, perquè ell..., bé, no sé gaire com dir-ho. ¿És just que un pare digui del seu propi fill que és un boig? La mare el va protegir tota la vida, em va impedir que el castigués en casos clars, que el renyés per alguna de les coses que feia, i això quan ho sabia jo, pobre de mi, que havia fet tal cosa o tal altra; perquè generalment m'ho amagava. Però el mal dels mals era que, per dolenteria natural o per inconsciència, el meu fill feia coses tan horribles com... escanyar un gat amb les pròpies mans, lligar un gos i ficar-li una piula al cul o afluixar els cargols de la barana de l'escala perquè algú, així que s'hi repengés, caigués. I això només en són tres o quatre exemples!

–Quina edat té, ara, aquest vostre fill?

–Trenta-sis anys.

–Continueu.

–El meu fill va ser un calvari per mi, i quan va ser més gran i van començar els problemes de debò... ja us ho podeu imaginar. El van tancar en un correccional per haver robat, el van tancar a la presó... En va arribar a fer tantes i de tan grosses que la seva pobra mare no ho va resistir i va morir. De pena, us ho podeu ben creure. De pena verdadera, per molt que sempre va voler creure en el noi. Quan va sortir de la presó, morta ja la seva mare, ja no va tornar a casa. Al cap de poc temps em va sorprendre amb un casament i fins i tot amb una feina fixa. Em vaig pensar que l'amor, i una bona dona, havien fet el miracle. Però m'equivocava, i de bon tros. La dona del meu fill era allò que no hi ha, com la meva pobra dona, i ell la va tractar exactament igual i aviat hi vam tornar a ser. Fa cosa de nou anys vaig tenir un nét, i fa cosa de sis va morir la jove, víctima dels abusos del meu fill. El nen en tenia tot just tres, doncs, quan va quedar orfe.

–El van detenir per tot plegat?

–No, perquè no hi va haver denúncia i ningú es va entretenir a investigar res. Qui s'hi atura en els maldecaps dels pobres? Ningú. Només jo vaig enfrontar-m'hi: li vaig dir que li prendria el nen, que no permetria que visqués amb ell i li fes mal, i aleshores... se'n va anar, va desaparèixer sense deixar cap rastre.

–No l'heu tornat a veure?

–No, doctor. Quasibé fa sis anys que no veig el meu nét –va confessar l'home abatut–. Prou vaig anar a la policia, però que un fill s'estigui amb el seu pare no és pas cap delicte, i no el van buscar. I jo no sóc pas ric, sabeu, només tinc una petita pensió, no podia pas permetre'm de pagar un detectiu o alguna cosa semblant. Se'n podien haver anat a qualsevol lloc, tot i que sempre he tingut el pressentiment que eren aquí, a la ciutat, perquè el meu fill no hauria pas sabut sortir-se'n enlloc més.

–Què us fa pensar que aquest nen pugui ser el vostre nét?

–Aquest matí... –l'emoció començava a fer-lo trontollar–, fullejant el diari, he vist la foto... El cor m'ha fet un salt, ¿m'enteneu, oi? Ha sigut com si un llampec em paralitzés. No puc pas jurar que sigui ell, però aquests ulls... Té els ulls de l'àvia, ¿m'enteneu, oi? Són els de la meva dona, en pau descansi, i són els ulls que li recordo l'última vegada que el vaig veure. Mireu, mireu. He portat l'única foto que me'n queda, del nét.

Va treure's una cartera gastada i matxucada de la butxaca de darrere dels pantalons i en va agafar una fotografia que em va passar. En mirar el nen que hi somreia, també em vaig estremir.

El nen de la fotografia podia ser o no el meu pacient, impossible saber-ho del cert, però els ulls...

Els ulls eren autèntics.

No vaig voler mostrar les meves emocions. Encara quedaven coses per preguntar.

–Com es diu el vostre fill, senyor Vidal?

–Víctor.

–Que li deien Vito?

–Sí, com...? –va saltar el visitant.

–I el vostre nét?

La resposta va cloure el cercle.

El primer cercle.

–Joan –va dir en Faustí Vidal–. Es diu Joan.

Capítol 9

El nen –tot i l'evolució dels esdeveniments encara no gosava anomenar-lo Joan– seia en un racó, immòbil, observant com els altres nens i nenes de la sala de jocs de l'hospital jugaven. Els ulls se li anaven acostumant a la llum, almenys a l'elèctrica, tot i que no la mirava mai directament, més aviat l'esquivava. Dues infermeres en tenien cura, sobretot perquè hi havia una mica de tot: des de nens amb el braç enguixat, passant per criatures amb un gota a gota penjat de la cadira de rodes. La primera vegada que la vaig veure, em va semblar una habitació dels horrors en miniatura. Ara la veia com una illa paradisíaca enmig d'un oceà tempestuós. Continua sent dur veure un nen o una nena amb un mal espantós, per molt guarible que sigui.

En Faustí Vidal i jo vam entrar a la saleta. El nostre pacientet no va fer ben res, ni tan sols em va veure. La manera de seure, en un racó, amb l'esquena protegida per l'angle de les dues parets, no podia ser més representativa de les seves pors, o de les seves precaucions. No li vaig pas haver de dir, al

meu acompanyant, quin nen era. Se'n va adonar a l'acte.

Encara no li havia dit que el nen responia al nom de Joan, a més de respondre igualment al reguitzell de paraules que no eren noms propis, però que l'identificaven igualment. Tampoc no li havia dit que el seu suposat pare es deia Vito.

No crec gaire en les casualitats, però fins que no n'estigués ben segur, donar falses esperances a algú que està convençut que les ha perdudes totes, és massa dolorós. I jo encara necessitava més certeses.

En Faustí Vidal amb prou feines respirava.

–Déu meu, però si sembla un moixonet! –van ser les primeres paraules.

El vaig deixar acostar-se al nen. Ho va fer a poc a poc, com si tingués por que un gest en fals pogués provocar una reacció negativa. Hi va arribar al davant, es va ajupir i el va mirar de fit a fit. El nen no va tenir altre remei que mirar-l'hi, també. No va moure ni un múscul. Va ser com si els seus ulls s'haguessin clavat en una paret.

Quan el suposat avi va començar a plorar, tampoc no va canviar d'actitud.

Només ho va fer així que l'home va tractar de fer-li una moixaina amb una mà. Aleshores encara va semblar que es tirava més enrere i es va enclastar literalment a la paret.

Per un cas, vaig anar a buscar el visitant. El vaig ajudar a alçar-se i, sense violència però amb fermesa, el vaig conduir cap a la porta. El nen va perdre qualsevol interès per ell així que va ser dret i va sortir del seu camp visual immediat. Semblava que mirés atentament una nena d'uns dotze anys, de cap rapat i cos esquelètic, però preciosa, com sens dubte seria quan sortís de l'hospital, curada, per molt que perquè ho pogués fer encara faltés una eternitat.

–Què me'n dieu? –vaig preguntar-li.

Va encongir les espatlles, com si s'espolsés la pressió acumulada, i va tornar a plorar un moment. Una infermera se'ns va acostar i ens va preguntar si necessitàvem alguna cosa. Li vaig dir que no i vaig treure el senyor Vidal de la sala. Al corredor, ens vam tornar a parar.

Volia una resposta.

–Que us trobeu bé, senyor Vidal?

–Sí, sí, perdoneu –va moure el cap afirmativament–. Només que...

–Ja us entenc, no us amoïneu.

–Pot ser que sigui ell, ¿sabeu? Encara més: en voldria estar segur, perquè el necessito, però...

–Han passat sis anys.

–És tan... petit –va dir condolgut–. Quasibé feia més embalum llavores, ¿m'enteneu què vull dir, oi? Sembla impossible que sigui el meu Joan, però tot i així...

–Els ulls?

–Sí –va convenir com esgotat–. Els ulls continuen sent... Només amb els ulls ja n'hauria de tenir prou. Els ulls em diuen que és en Joan, i el cor em diu que és en Joan. Només el cervell m'impedeix de creure-ho, perquè si aquest nen no sap qui és, si ha perdut la memòria... Com se'l pot retornar a la vida, al present, a mi? Déu del cel!, com pot ser que passin coses així?

No vaig contestar. Hauria estat una disquisició llarga, que no hauria entès, estant com estava. De tant en tant penso que si les persones sanes, amb fills sans, aquesta classe de persones que no han tingut mai un contratemps, passegessin una estona per un hospital, a més de poder-hi veure la sort que tenen, potser s'adonarien de la necessitat de forjar un món més solidari, més compromès amb els qui tenim a la vora. Però la gent sol girar-se d'esquena al dolor, més per egoisme que no pas per manca de solidaritat.

Ens vam posar a caminar corredor enllà, cap als ascensors, i ja no ens vam dir res més fins que vam arribar a la planta baixa.

–Teniu alguna fotografia del vostre fill, senyor Vidal?

–Sí.

–Me la podríeu deixar uns quants dies?

–Oi tant!

Va tornar a treure's la cartera, la va obrir i em va allargar una fotografia d'un home de cap a vint-i-cinc anys, somrient, d'aspecte obert. Em vaig preguntar com podia canviar una persona en deu anys.

–Que em podríeu explicar, també, tot el que en sapigueu, del vostre fill: on va treballar, on podem trobar gent que l'hagués conegut...?

–Oi tant! –va dir–, però tingueu present que jo

mateix vaig seguir totes les pistes anys ha, quan en vaig perdre el rastre, i sense cap mena d'èxit. Va ser com si la terra se l'hagués empassat.

Em vaig apuntar tot el que em va dir, noms i adreces. I a la fi va arribar l'hora trista del comiat. Trista per al visitant, perquè jo almenys n'havia tret un bon profit: una pista per saber qui era el nen perdut.

–Estarem en contacte, us ho prometo –em vaig acomiadar d'en Faustí Vidal a la porta mateix de l'hospital.

–Truqueu-me, encara que no sigui el meu nét –em va suplicar.

–Ho faré.

–Gràcies –em va dir amb veu emocionada.

Vaig continuar palplantat a la porta, potser mig minut, fins que en Faustí Vidal es va perdre en una cantonada de l'horitzó format pels edificis més propers al centre mèdic. Va fer el camí a poc a poc, amb el cap cot i arrossegant els peus, com si no tingués enlloc per anar ni cap rumb per seguir.

Capítol 10

La meva dona em va rebre, a casa, amb un deix d'ànsia al rostre. Era la primera vegada que ens passava una cosa així, i per molt que jo ho atribuís al fet d'estar esperant el nostre propi fill, era ben clar que el cas del nen perdut ens havia atrapat amb tota la càrrega de dramatisme que comportava.

–Alguna novetat? –va voler saber.

Li vaig explicar la visita del suposat avi del nen i els avenços fets. Ho va escoltar tot en silenci, sense dir ni piu, fins que vaig haver acabat les explicacions. El primer que em va dir va ser:

–És ben clar que algú ha maltractat reiteradament el nen, aquests darrers anys. Que només reaccioni amb crits i amb paraules com «Vine, porcassàs, a dormir, menja», com si fossin el propi nom, Joan, n'és la millor prova.

–No és pas tan senzill –vaig argumentar, tot i que el raonament de la meva dona era el que jo ja m'havia fet personalment–. Tot sembla quadrar: la història d'en Faustí Vidal i la del pare del nen, Víctor o Vito. Però tot i això... ¿Per què no hi ha hagut ningú més que hagi vingut a l'hospital o hagi trucat per identificar-lo? És absurd! Que potser no l'ha vist mai ningú, el nen, o almenys durant aquests darrers anys? No té cap lògica, fora que darrere de tot el que ens ha explicat el suposat avi hi hagi una història encara més dramàtica. I al final torna a quedar penjada la pregunta que més m'interessa com a psiquiatre: què hi ha al cap del nen perquè estigui convençut que viu als estels, que és una mena de déu, i perquè parli de galàxies i de guerres?

–Un excés d'imaginació.

–No, aquest és el punt. Per a ell és real, tan real com que ara es troba atrapat en una dimensió estranya. Necessita alguna cosa. Necessita aquest «poder» de què parla. Quan el tinc davant m'adono del que deu sentir un peix fora de l'aigua. Aquest nen...

–Per què et resisteixes a anomenar-lo Joan? –em va interrompre la Lídia.

–Perquè sóc metge, actuo amb lògica i, per molt que totes les proves semblin coincidents, fins que no n'estigui completament segur, no vull caure en la trampa dels supòsits.

–No deus pas creure que sigui casualitat tot això que t'ha explicat aquest tal senyor Vidal i la història d'aquest nen?

–No, però tot i això...

La Lídia es va acostar, em va posar una mà a la galta i em va fer un petó. M'agradava abraçar-la, però últimament l'embaràs tan avançat ho feia més difícil, almenys de la manera que solia fer-ho sempre. Era com si hi hagués «alguna cosa» entremig de tots dos que ens impedís el contacte ple.

–Estàs fet un meticulós i per postres t'agrada fer passar el teu punt –em va renyar–. Quines altres proves vols?

–Saber què hi ha al cap del meu amiguet, i descobrir com ha arribat a tot això.

–Creus en la ciència ficció?

–Ja saps prou que no, que sóc escèptic, però sempre he pensat que per aquí fora hi havia alguna cosa o algú més; no a la vora, no crec pas en els OVNIS, però sí als confins de l'univers.

–O sigui, que encara podria ser que el nen fos un «contactat»?

–No ho he pas dit, això –vaig replicar–. Que vols que m'hi tanquin a mi, al meu manicomi?

–I si en Joan..., bé, el nen, resultés que al cap i a la fi té un excés d'imaginació?

–No és un cas d'aquests. La hipnosi no enganya. Diu tot el que sent i com ho sent, el pacient.

–Però a la seva edat... –va mirar d'insistir la Lídia.

–L'hem posat davant d'un televisor a l'hora dels dibuixos animats. Saps què ha fet? –vaig continuar sense esperar-ne resposta–: Res. Bé, res de res tampoc. De bon primer ni s'ha adonat que existís. Després se l'ha mirat, ha fet cara de sorprès i s'ha alçat, s'hi ha acostat... i ha fet com altres vegades: mirar què hi havia al darrere, com si no entengués que allò podia ser real o autèntic o... jo què sé! De bon començament, la perplexitat li ha omplert el rostre, com si no n'hagués vist mai cap, de televisor, i al cap de pocs moments tot era indiferència. N'ha tocat la pantalla, s'ha posat una mà al cap, per buscar aquest «poder» de què sempre parla, i finalment s'ha mirat el palmell, com si esperés trobar-hi alguna cosa. La darrera cosa que ha fet ha estat tornar al seu lloc i passar de televisor. ¿Te'n recordes que vam parlar d'un món bidimensional? La televisió és bidimensional, i no hi ha donat cap importància. Si és un fantasiós, no sé pas d'on les deu haver tret les fantasies. De la televisió no, t'ho ben asseguro. I encara una altra cosa que no t'havia dit: no sap llegir.

–Déu meu! –va sospirar la Lídia.

–Ho vas entenent? Parla de conceptes espacials que ni jo sé si són reals o no. Com si em parlessin xinès. On els ha après? Com? Tinc ganes de trucar a un científic de seguida que pugui perquè m'aclareixi si tot el que diu té coherència o no.

–I què esperes?

–Abans tinc un parell de coses per resoldre, demà mateix, i potser amb una mica de sort...

–Què vols fer tu personalment? –es va interessar.

–Jugar a detectius –li vaig dir–. Ja saps que quan era petit volia ser policia.

–Ho dius de debò?

–I tan de debò –vaig dir somrient per primera vegada des que havia arribat i vaig aprofitar per ferli un petó a la punta del nas–. Ja t'he dit que tinc un parell de coses per comprovar.

Vaig ser tan enigmàtic que, tot i que la Lídia em coneixia a fons, em sembla que la vaig impressionar una mica.

Capítol 11

Vaig sortir d'horeta de casa, disposat a cremar les esperances en el que estava convençut que era un tret a l'atzar, però totalment necessari en aquelles circumstàncies. Si passava la informació a la policia, podria ser que perdessin un temps valuosíssim abans de començar a investigar, ja fos per rutina, ja fos perquè consideressin que hi havia casos més urgents per resoldre. La idea era ben senzilla: en Faustí Vidal havia intentat trobar en Víctor quan va desaparèixer amb en Joan, però ja feia uns quants anys. Es va convèncer que no el tornaria a veure i no ho va provar per segona vegada. Però, i si durant aquests anys, en Víctor hagués tornat a aparèixer, hagués trucat a un vell amic o amiga, s'hagués posat a buscar treball en algun dels llocs on havia estat? Tot era possible.

I més en la ment d'un pertorbat.

Perquè el que sí que quedava ben clar era que el fill del senyor Vidal i presumpte pare del meu pacient sense història, era un boig.

La sordidesa del cas em va fer estremir, però precisament això em va encoratjar a buscar la veritat de totes totes. Cada vegada que aclucava els ulls, veia el nen a l'hospital, sol, perdut.

I llavors, sense saber ben bé per què, pensava en el meu propi fill.

En primer lloc, i seguint un ordre lògic que m'havia fet a la nit, després d'haver parlat amb la Lídia, vaig anar a les dues empreses on havia treballat en Víctor Vidal. En una, hi havia fet de repartidor. En l'altra, de vigilant. Dues feines ben anodines que amb prou feines havien deixat petja, perquè a tots dos llocs un encarregat i un gerent, esquerps i amb mala lluna, em van dir el mateix: que en Víctor Vidal havia estat un mal treballador, problemàtic i buscabregues, i que finalment havia tocat el dos, de la primera feina per voluntat pròpia i de la segona mitjançant un acomiadament directe. Vaig demanar per poder parlar amb algun antic company i, un cop em vaig haver identificat com a metge, m'ho van deixar fer, però vaig tornar a fracassar. En Víctor Vidal no tenia amics de feina, i ningú no sabia què se'n podia haver fet.

Des d'una cabina vaig trucar a la Nandra. Ella també tenia una missió per dur a terme, aprofitant que el seu cunyat treballava a l'administració pública.

–Nandra? Sóc jo. Què has trobat?

–Res. Amb aquestes dades, no hi ha cap Víctor Vidal enlloc, almenys controlat. Actualment no està donat d'alta a la seguretat social i l'última feina coneguda va ser de guàrdia de seguretat d'una fàbrica, fa quatre anys. En vols les dades?

I tant que les volia, i me les vaig apuntar immediatament. Quatre anys eren menys que sis, o sigui que gairebé em vaig sentir com un detectiu privat de veritat que avançava en la investigació.

–Gràcies, Nandra –li vaig dir amb tota sinceritat–. Quan ens acomiadin de l'hospital, obrirem una agència de detectius.

–Sí, «quefe» –es va acomiadar foteta i posant-se a l'altura de les circumstàncies.

Vaig anar a la nova adreça que acabava d'aconseguir i va ser la mateixa història, tot i que no va pas ser ben bé fil per randa. Un cap de personal em va deixar com un drap brut el díscol Víctor Vidal, em va assegurar que era un mala peça i que van haver-lo de despatxar per motius diversos. No el van arribar a denunciar per manca de proves, però hi va haver sospites que robava gènere gràcies al seu càrrec i al fet que a la nit era ben sol per l'empresa. Pel que semblava, l'únic amic que havia fet era un altre guàrdia de seguretat que seguia treballant allà, però que aleshores no hi era perquè feia torn de nit. No me'n volien dar l'adreça, però quan els vaig explicar el cas, ho van entendre i hi van accedir.

L'adreça del guàrdia de seguretat no era pas d'un carrer de per allà, precisament; per això vaig decidir continuar l'itinerari previst i visitar dos coneguts i una amiga d'en Víctor Vidal, l'adreça dels quals m'havia proporcionat el seu pare. A l'un no el vaig trobar a casa, perquè era a la presó. A l'altre tampoc, per la senzilla raó que ja no hi vivia. Els veïns no me'n van dir res de bo, ni de l'un ni de l'altre; potser per això vaig trobar lògic que haguessin estat amics seus.

Amb l'amiga, una dona de cap a trenta anys, aparentment casada i amb una nena de mesos als braços, vaig tenir més sort. Em vaig identificar com a metge, li vaig parlar d'en Joan, que l'havíem recollit i que en buscàvem el pare. La primera cosa que va fer va ser arronsar les espatlles.

–Què vol que li digui? –va deixar anar després–. Fa molt temps que no el veig, potser un parell d'anys, i no en sé ben res. Era boig de tancar, no sé com no l'havien portat a un manicomi.

–Un parell d'anys, diu? –em vaig animar–. On el va veure?

–Pel carrer, caminant, sol. Feia una fila...

Valia més allò que res. Un parell d'anys enrere, en Víctor Vidal encara era a la ciutat. Això ens l'acostava al present, per molt que la distància per salvar encara fos ben gran.

De l'amiga, o millor dit de l'ex-amiga, no en vaig poder treure cap més informació. Les possibilitats s'anaven tancant, de manera que vaig decidir menjar un plat combinat en un restaurant d'allà mateix, per no perdre temps, i havent dinat em vaig encaminar a l'adreça que m'havien facilitat a l'empresa on Víctor Vidal havia treballat de guàrdia de seguretat. Era un barri perifèric, un carrer perifèric i una casa més que perifèrica. Em feia por de trobar-lo dormint, encara, treballant de nit com m'havien dit, però vaig tenir sort. Ell mateix em va obrir, em vaig identificar com a metge i en comptes de trobar-me amb una persona esquerpa i amb poques ganes de parlar amb desconeguts, vaig trobar-me amb un home afable, un homenàs vaja, perquè feia uns dos metres i tenia les espatlles quadrades. Em va fer entrar mentre comentava:

–Aquell tros de pa d'en Víctor, ves per on!

Quan li vaig explicar per què el buscava, ja no va semblar tan feliç o alegre. La cara li va anar canviant d'expressió. Quan vaig acabar, tenia el rostre demacrat, com una mena de màscara cendrosa.

–Sempre va ser una mica estrany, un individu d'aquests que tenen mala sort, però era lleial amb els amics, i nosaltres dos ho vam ser un bon temps. Havia estat a la presó, tenia la càrrega del fill...

–El tractava bé, el fill?

–No ho sé. No hi vaig ser mai, a casa seva. Ens vèiem a la feina, al torn de nit, i alguna vegada preníem una cervesa plegats. Un parell de vegades vam anar de gresca junts. No en parlava, del fill.

–Li va dir per què el tenia amb ell?

–No.

–Que era un fanàtic de la ciència ficció o d'alguna cosa semblant?

–Com diu? –gairebé es va posar a riure. No ho va fer, però va deixar anar una bona dosi de sarcasme–. ¿Vol dir allò dels marcianets i de les pel·lícules de guerres galàctiques? No! En Víctor tocava de peus a terra! Les úniques coses que l'interessaven eren viure, guanyar algun caleró, com a tothom, i lligar, tot i que això no era pas el seu fort.

–Quan el va veure per última vegada?

–Fa cosa de set o vuit mesos.

Em vaig encirar de cop. Se m'acabaven les oportunitats, o sigui que...

–Hi va parlar?

–Sí, ens vam trobar pel carrer i vam anar a prendre una cervesa, per recordar vells temps. Vam parlar de tot i de res, ja m'entén, i en el fons no em va dir pràcticament res, com sempre.

–Li va dir on vivia?

–Sí, em va dir que com que les coses no li rutllaven vivia en una barraca del nord de la ciutat, a la zona expropiada a causa de la nova autopista, però no me'n va dir res més.

Havien trobat el nen en un ermot proper a l'autopista, cap al nord.

–Res més?

–No, ho sento.

–Intenti recordar-ne alguna altra cosa, per insignificant que li sembli. Pot ser important.

Ho va provar, però sense èxit. Em va fer pensar en un goril·la davant d'un problemet de lògica, amb la mirada perduda i les manasses juntes, al damunt de la taula.

–Si m'hagués dit l'adreça, me'n recordaria, però no me la va arribar a donar. L'única cosa que va comentar va ser que qualsevol dia els trobarien rostits, perquè tenien una torre d'alta tensió encara no a deu metres, i com que la barraca tenia el sostre metàl·lic... o de planxes de ferro..., no ho sé, una cosa així.

Ni tan sols s'havia adonat que m'acabava de dir una cosa important, fins que va alçar la vista i em va mirar.

Aleshores va veure la cara de sorpresa que feia.

Capítol 12

L'avantatge principal de les torres d'alta tensió és que es veuen d'una hora lluny.

Un altre, i no pas secundari, és que n'hi ha relativament poques, és a dir, no estan enganxades les unes amb les altres com si fossin bolets sinó que guarden les distàncies reglamentàries.

Al nord, als voltants de l'autopista, n'hi havia tres, almenys amb cases a la vora, si se'n podia dir així és clar. Les altres es perdien seguint les línies elèctriques, cap amunt fins a la carena d'un pujol pelat i cap avall en direcció a la central d'on provenia el potencial que viatjava pels cables.

He de reconèixer que estava molt excitat i nerviós, sense poder-me acabar de creure que estava a punt de trobar la casa del nen perdut. En el fons, però, era lògic: estant com estava no podia haver anat gaire lluny, a tot estirar un quilòmetre o dos. L'ermot proper al carrer de la Pau, on el va trobar el cotxe dels urbans, era si fa o no fa equidistant de dues de les torres, aproximadament a un quilòmetre i mig cap a la dreta. I per allà no hi havia ni avingudes plenes d'arbres, ni carrers, ni cases normals, ni edificis; només els vestigis evidents dels desequilibris socials que, per esforços dedicats a pal·liar-los que es fessin, pervivien com una xacra en l'esplendor de la gran urbs. Cada vegada que un exèrcit d'excavadores i d'altres màquines arrasava un camp de barraques, era com si un miner es rentés la cara en sortir a la superfície, sabent que l'endemà se la tornaria a embrutar quan tornés a la mina. Les barraques s'alçaven en un altre indret, i els fills de l'infortuni, els desheretats, continuaven així la seva existència. El pou negre i pregon de la misèria bategava a qualsevol ciutat.

Vaig conduir a poc a poc, amb precaució, però alhora amb un sentiment nou que començava de fer-se'm present: l'aprensió. Amb què em trobaria? Seguia la bona pista, com tot semblava indicar? Trobaria en Víctor Vidal? I si el trobava, què faria o què diria en saber que teníem el seu fill?

L'hi tornarien?

Totes aquestes preguntes, i altres de noves que em van passar pel cap en els minuts següents, les vaig esboirar sense contemplacions per poder estar per allò que havia d'estar. L'èxit possible de la missió m'havia de donar confiança i seguretat suficients per concloure-la com m'havia proposat. Fos com fos en Víctor Vidal, jo havia de mostrar-me segur, fort. Allò que m'hi jugava era la vida i l'estabilitat mental d'un nen.

La primera torre no tenia cap casa a la vora, ni res construït; o sigui que, després de ben assegurar-me'n, vaig fer via cap a la segona. Vaig haver de fer una volta, perquè el cotxe no era pas precisament un tot terreny. Mentre m'hi acostava, vaig témer que m'hagués equivocat, perquè l'indret més aviat semblava desert, apartat de qualsevol nucli habitat. Va ser una impressió completament falsa, perquè així que vaig haver passat un grupet d'arbres secs, amb la línia de l'autopista retallada a la dreta, vaig veure allò que buscava, i llavors sí que el cor se'm va aturar per un instant.

A tocar la torre d'alta tensió, hi havia una mena de casa, o barraca, o com se'n vulgui dir, construïda amb totxanes, maons i restes diverses, amb la teulada metàl·lica, brillant, feta d'unes quantes planxes superposades.

Vaig parar el cotxe encara més nerviós, i vaig esperar uns segons per recobrar la respiració normal. Quan em va semblar que ja estava a to amb la responsabilitat que m'havia carregat a l'esquena, vaig sortir del vehicle i vaig començar a caminar en direcció a la casa. El primer que en vaig descobrir va ser que la porta era tancada, i per dins.

Vaig trucar, amb els nusos dels dits, discretament.

Res.

Hi vaig tornar, més fort.

–Ep! Que hi ha algú?

El mateix silenci.

No em vaig rendir, i vaig donar la volta a la casa per la dreta. Com que l'edificació era poca cosa, en un parell de segons vaig ser a la part posterior. Pel camí només vaig veure una finestra, i era tancada. La de la part de darrere, en canvi, era oberta de bat a bat.

Vaig dubtar. Si hi entrava, per metge que fos o per investigador que em sentís, em podien acusar d'envair una propietat privada, o de lladre. Si en Víctor Vidal era a dins, podia ser capaç de tirar-se'm al damunt i clavar-me una pallissa, i si apareixia mentre tafanejava per dins, podia acabar amb un tret entre les celles. Vaig mirar a dreta i esquerra, una mica impressionat per aquests pensaments tan de mal averany, i un cop em vaig haver convençut que era ben sol i que ningú no em veia, perquè no hi havia absolutament ningú per allà a la vora, vaig passar una cama a l'altra banda de l'ampit i amb un salt ja vaig ser a dins.

Vaig extremar les precaucions. Podria ser que dormís o que estigués borratxo, o el que fos. Em movia pausadament i sobretot silenciosament. La finestra per on havia entrat donava a una mena de sala plena a vessar de trastos de tota mena. No em va pas costar imaginar-me a què devia dedicar-se el pare d'en Joan...

Per primera vegada vaig pensar en el nen com a en Joan, i en en Víctor Vidal com a son pare, i en en Faustí Vidal com a son avi.

Va ser com si l'hi pogués sentir, allà dins, com si en pogués captar l'energia.

Em vaig aturar al mig de l'estança, sorprès per dues coses. La primera, la pudor que ho envaïa tot, tot i que no la identificava. La segona, el fet que la porta de sortida fos tancada per dins, i amb un cadenat.

En Víctor Vidal hi havia de ser.

Vaig estar a punt de recular, acovardit tot d'una, però em vaig sobreposar. En una de les bandes hi havia dues portes, i totes dues eren mig obertes. Em vaig dirigir a la primera i hi vaig treure el cap. Hi havia un llit amb peces de roba escampades i poca cosa més, si deixo de banda els objectes de tota mena que també s'hi apilotaven i un eixam de mosques brunzidores. Vaig fer el mateix a la segona porta, que donava a una habitació fosca i sense finestra aparent. I aleshores, amb la llum que entrava per la porta, ho vaig descobrir.

El cos d'un home, estirat a terra.

Al seu damunt, les mosques passaven d'eixam, eren una legió.

De seguida vaig endevinar la procedència de la pudor. M'hi vaig agenollar, li vaig prendre el pols, i la fredor i la rigidesa del cos em van acabar de confirmar el que ja suposava, que feia dies que era mort. Tenia els ulls oberts, esbatanats, i una mà clavada al pit, com si un infart l'hagués fulminat allà mateix. Molt a prop del cap, hi havia un plat tombat.

No vaig pas haver-me de mirar la fotografia d'en Faustí Vidal per adonar-me que aquell cadàver era el del seu fill.

Em vaig alçar, perplex. La finestra esbatanada de l'altra habitació indicava que en Joan havia fugit per allà, però...

Encara em calien més respostes.

Vaig mirar el catre, ja força habituat a la penombra, l'ambient infrahumà, la porta...

També tenia cadenat, però aquest era per fora.

I finalment...

Era a prop del llit, mig tapat per unes peces de roba i quasi invisible pel fet de ser negre. Em vaig ajupir i el vaig agafar. Semblava un casc, però no era pas un simple casc de motorista, o de joguina. Era un casc especial, diferent, força gran, força atrotinat, de parets gruixudes i amb dues antenes laterals de cap a vint centímetres, un equip de so a cada lateral, unes ulleres fosques enormes i desproporcionades que no servien pas per mirar-hi a través precisament, d'uns quinze centímetres de diàmetre cada circumferència, i amb una mena de cordó umbilical que en sortia de la part posterior i que es bifurcava al cap d'un metre i mig aproximadament. Al final de cada bifurcació hi havia dues manyoples metàl·liques.

–Déu meu... –vaig xiuxiuejar.

Vaig quedar fred com el mort, perquè quan la llum t'arriba, t'inunda i et fa estremir amb la seva evidència, tot et sembla d'allò més senzill, tan clar que no arribes a entendre com podies no haver-te'n adonat fins aleshores.

Em vaig haver d'asseure al catre, malgrat la pudor i la presència angoixant de les mosques que brunzien pertot arreu. Les cames em van fer figa, com si ja no poguessin aguantar-me més. Des del primer moment havíem tingut la veritat als nassos, o millor dit, a tocar el meu nas, que per això era el psiquiatre, i no l'havia sabuda veure. En Joan sempre ens havia dit la veritat, en la seva innocència, i perquè no en sabia cap d'altre.

El poder.

El casc d'un simple joc de realitat virtual, per molt que fos d'última generació, modern, estrany allà, en una barraca miserable apartada de tot, i sobretot de la civilització.

Capítol 13

Quan vaig entrar a l'avantsala del despatx, la Nandra em va mirar com aquell qui veu un fantasma. Suposo que continuava pàl·lid, mortalment pàl·lid. Amb «allò» al braç, a més, devia semblar una imitació d'astronauta urbà, o una mena de nen ja crescudet amb mitja disfressa a les mans. La infermera es va alçar i em va seguir sense dir res, fins que vaig entrar al despatx, vaig deixar la preuada càrrega al damunt de la taula i la vaig mirar.

–Què és... això? –va voler saber.

Ella tampoc no tenia fills, és clar, i encara hi havia coses que li quedaven tan llunyanes com a mi.

Llunyanes i absurdes.

–He trobat en Víctor Vidal –vaig informar-la.

–On? –els ulls se li van dilatar, impressionada.

–A casa seva, a prop del lloc on van trobar en Joan. Una barraca espellifada, sense veïns, excepció feta d'alguns homes i dones com ell, els habitants foscos de la ciutat, aquells que no compten per a res i que no veu ningú.

–Què ha dit? Per què...? –va obrir les mans en un gest clar d'impotència, de no acabar-hi d'entendre res.

–Era mort –vaig dir calculant l'efecte de les meves paraules–. Va tenir un atac de cor fulminant; i per sort va morir a l'habitació d'en Joan, perquè així va poder-se escapar, sortir d'allà dins quan es va adonar que alguna cosa passava «a l'exterior».

–No n'entenc ben res –va confessar la Nandra.

–Porta'm en Joan.

Va mirar el casc i ja no em va fer cap més pregunta. Realment era eficient. Sabia quan podia parlar i quan calia esperar, per molt que el corcó de la impaciència la rosegués, com em rosegava a mi. Va sortir del despatx amb urgència i vaig esperar-la, tot i que ara ja tenia totes les respostes, totes les dades. Un cas més de crueltat, de maltractaments, de violència infantil.

Un de tants, tot i que...

Ni tan sols havia pensat de trucar a la policia, encara. Per què? En Víctor Vidal era mort, ja no podia fer més mal a ningú, ni tan sols a ell mateix, pobre boig. Els minuts eren d'or per al seu fill, per a ell no. Em fa l'efecte que en el fons l'odiava tant que vaig desitjar que se'l mengessin les mosques i les rates. Després em vaig sentir fatal pel fet de tenir aquesta mena de pensaments, impropis d'un metge la vida del qual estava, almenys suposadament, destinada a guarir.

L'espera se'm va fer molt llarga, i això que la Nandra amb prou feines va trigar cinc minuts a tornar a ser al despatx, amb en Joan agafat de la mà.

El nen em va mirar fixament, immòbil, només amb la boca oberta.

–Hola, Joan.

No va respondre, i per primera vegada no em va pas saber greu. Vaig fer un gest a la Nandra i el va acompanyar fins a la butaca on solia seure. En Joan encara no podia veure el casc, perquè jo l'hi tapava. Quan va haver segut, em vaig disposar a resoldre l'enigma definitivament, és a dir, amb la prova palpable del que jo ja sabia, però que necessitava veure amb els meus propis ulls.

Em vaig apartar una mica, vaig agafar el casc amb les mans i l'hi vaig ensenyar.

La Nandra no va poder evitar de tapar-se els ulls amb una mà.

Havíem vistes moltes reaccions en aquelles llargues jornades de treball conjunt, molts malalts, molts pacients amb el cap girat i la vida pendent d'un fil, el del seu fràgil equilibri emocional, però mai cap, ni una, com aquella.

Ràpida, fulminant.

En Joan es va tirar literalment al damunt del casc amb les mans esteses, els ulls esbatanats, una expressió d'absoluta demència al rostre, i amb tot el cos tens, convertit en una ràfega d'ansietat. Un drogoaddicte o un alcohòlic amb síndrome d'abstinència no haurien reaccionat tan fulgurantment ni amb una al·lucinació semblant. Amb mans trèmules, el va agafar, se'l va acostar al cap, se'l va posar, el va connectar, va introduir els dits en les dues manyoples metàl·liques i en un instant, com per art d'encantament, tot es va acabar.

Novament al seu món, lluitant amb els krulls a Andròmeda, disposat a alliberar l'univers d'enemics, l'heroi tornava a ser feliç, lluny d'una realitat desconeguda i en la qual només era un estrany.

Capítol 14

En Faustí Vidal es va eixugar les restes de les llàgrimes que encara li humitejaven els ulls i es va deixar caure a la butaca del despatx, esclafat per un pes invisible que alhora tenia aparença d'aire alliberador.

Vaig esperar que fos ell que comencés a parlar, per cortesia, per prudència, per respecte. Calia que ho acabés d'assimilar tot, després d'haver vist per segona vegada el seu nét, tot i que ara ja no hi hagués dubte que l'era. Sabia què li esperava, què ens esperava a tots. El camí veritable, el de la reconstrucció i readaptació de la ment d'en Joan ja havia començat, i no seria pas un camí de roses, precisament. Ni per a ell, que trigaria a poder-lo abraçar abans d'estar curat, ni per a mi, que estava disposat a portar el cas fins al final.

–Déu meu..., com va poder...? –va exhalar al cap d'uns segons, com si encara no tingués prou aire als pulmons.

–No és pas el primer, ni serà l'últim –vaig dir-li–. ¿Hi ha alguna diferència entre lligar un nen amb una cadena o submergir-lo en un món irreal, perquè no molesti?

–Però, per què? –va preguntar adolorit l'home–. Per què se l'havia de quedar, en Joan, si no el podia cuidar? Per què no em va telefonar? Per què va destruir el propi fill?

–No tinc pas respostes per a tot, senyor Vidal –vaig confessar–, i pot molt ben ser que no n'hi hagi. Durant anys, els casos de maltractaments de fills han estat, i són, més una estadística per a la gent que no els ha viscut de prop que una realitat. No hi ha cap pare ni cap mare que pugui imaginar-se'n un altre apagant burilles en la pell tendra d'un infant de mesos, o pegant-lo fins a causar-li la mort, o produint-li danys anímics tan greus que els haurà d'arrossegar tota la vida. Tampoc no s'imaginen un pare violant la pròpia filla, ni una mare abandonant l'ésser engendrat per ella mateixa en un contenidor d'escombraries. Ens sembla absurd, monstruós, però la vida de cada dia ens ensenya que les coses són així, que existeix. Es fa difícil saber què passava per la ment del vostre fill quan actuava com ho va fer, però és ben cert que ho va fer: les proves són evidents. En Joan fa anys que viu en una fantasia que s'ha convertit, per a ell, en l'única realitat. Amb el seu casc de realitat virtual, va aprendre a lluitar i a sobreviure en aquest univers de coloraines, monstres i violències, fins que se'n va amarar completament. ¿Sabeu que «allà dins» hi ha un milió de combinacions possibles de moviments, accions, baralles, fórmules, situacions...?

–Però... és un joc, sempre havia llegit que això era un joc remaleït.

–Fins a un cert punt, tot és un joc, senyor Vidal. Per desgràcia és una cosa que no podem defugir. També ho són les màquines escurabutxaques, i hi ha milers d'addictes, de ludòpates, de malalts per la seva culpa. Des que la realitat virtual va començar a obrir-se camí, cap a l'inici de la dècada del 1990, i es va anar convertint en una cosa accessible per a la majoria cap a la segona meitat de la dècada, hi ha hagut milers de persones que han començat a viure connectades a una d'aquestes maquinotes. Hi va haver un dia que les drogues van «ajudar» els més dèbils a defugir la pròpia realitat quotidiana. ¿Ens ha de fer estrany que actualment hi hagi drogues d'altres menes? La solitud comença a ser una forma habitual de vida, encara més, es viu en la més completa indiferència personal. Ja hi ha casos de simulació eròtica, programes escolars, sistemes d'aprenentatge de música, inductors per dormir..., tot per no haver-se de moure de casa. El vostre fill no es podia ocupar d'en Joan, i per alguna raó estranya tampoc no el volia perdre; per això el va «lligar» a un casc per poder-lo tenir quiet, i amb el pas dels anys l'únic mitjà de comunicació que li va quedar van ser els crits: «tu!, menja!, a dormir!, estigues!... Fins als cinc anys, la ment dels nens i de les nenes està en període de formació. Tot allò que som, ho aprenem en aquesta etapa de la vida. És una etapa en què ens anem manifestant i la nostra personalitat aprèn a conviure amb el cúmul d'experiències de manera que l'individu acaba prenent consciència de si mateix. El vostre nét ho va fer a l'espai, en un univers ple de colors i de sensacions falses.

–M'esteu dient que... no hi ha esperances?

–Del cert no ho sé, senyor Vidal –vaig reconèixer–, però m'agrada acceptar-ne el repte; i hi ha alguna cosa que em diu que ho aconseguirem, tot i que ara com ara no us puc pas dir quan estarà completament alliberat. La medicina s'enfronta cada dia als entrebancs nous que els mateixos éssers humans anem interposant en el nostre camí. El càncer, la sida... Pot ser que en Joan sigui el primer d'una nova generació de víctimes, perquè s'ha convertit en el primer esclau del seu temps. Tot el que puguem fer des d'ara mateix servirà per a d'altres, per ajudar a clarificar fins a quin punt afecta la ment l'anomenat progrés tecnològic. I, sabeu una cosa?: per sort nosaltres, vós i jo, tothom, tenim una cosa que les màquines no poden donar, una cosa tan important, única i essencial, que és allò en què baso tota la confiança quan us dic que aconseguirem de recuperar el vostre nét. Suposo que ja sabeu a què em refereixo, ¿oi que sí?

En Faustí Vidal va fer que sí amb el cap i va dir:

–L'amor.

–L'amor –vaig repetir–. No hi ha realitat virtual que pugui superar la veritable carícia d'una mà, ni l'escalf d'un contacte humà, ni la tendresa d'un petó, ni l'aroma d'una pell, ni la sensibilitat d'una paraula. I en Joan ho descobrirà, tot això, i moltes coses més anirà descobrint.

–Jo estic ben sol, doctor –va manifestar abatut l'avi del nen.

–No que no ho esteu –li vaig assegurar–. Aquest cas, tant per a mi com per a la meva esposa, ha deixat de ser un simple cas mèdic. ¿Sabeu?, estem esperant un fill, però la meva dona té tendresa per a una dotzena; i aquest matí ha vingut a l'hospital, i ha vist en Joan, i ja ha intentat jugar-hi. Si ens permetéssiu...

No vaig haver d'acabar la frase. Segurament que en Faustí Vidal hauria acceptat qualsevol ajuda possible, per això la meva la va rebre com una benedicció. Tots dos sabíem, a més, que algun dia, potser massa proper i tot, ell faltaria, i aleshores en Joan es quedaria sol sense remei.

Era un bon home. Els cops d'una vida dura no li havien pas fet canviar el caràcter.

–Tot era tan diferent abans –va xiuxiuejar a poc a poc, ple de somieigs reflexius.

–També va ser diferent l'abans dels vostres pares i avis.

–Sempre m'havia imaginat que el segle XXI seria diferent, que la gent hauria tret una bona lliçó dels errors passats.

–Mai no és completament diferent –vaig assegurar jo–. L'evolució ens enfronta a reptes nous i amb cada repte l'ésser humà s'ha d'adaptar, aprendre, canviar, sense deixar de ser ell mateix. De totes maneres... –amb un dit vaig assenyalar un calendari

col·locat en un angle de la taula del despatx– tot just el comencem, el segle XXI. Doneu-li una mica de temps, home. Qui sap si...

Just en aquell moment la Nandra va entrar al despatx. Vaig veure que els ulls li brillaven, cosa que em va fer suposar que portava bones notícies. Vaig deixar-la acostar sense dir res i, efectivament, va ser la primera que va parlar.

–Fa res, uns minuts, que hi ha hagut moguda a la sala de jocs.

Si no hagués estat perquè se la veia feliç, ens hauríem espantat. Tots dos la vam mirar encara amb més atenció, pendents de les seves paraules.

–Un infermer ha entrat a la sala amb una safata –va continuar explicant la Nandra–, no ha vist una joguina que hi havia a terra i pràcticament ha volat. Sembla que ha estat la cosa més grotesca que ens puguem imaginar, com una escena del cinema mut de començament del segle passat.

Ni en Faustí Vidal ni jo acabàvem de veure on volia anar a parar.

–I? –vaig cuitar la infermera, amb por que no hagués perdut una mica la xaveta.

–En Joan ha rigut! –ho va dir com aquell qui fa saber que li ha tocat la rifa–. Ha rigut! I quan he vingut cap aquí encara l'hi durava, el riure, com a altres nens i nenes! Què me'n diuen! Ha rigut! No és fantàstic?

Epíleg

En Joan Vidal va sortir curat de l'hospital en menys temps del que tots pensàvem que necessitaria, jo inclòs en aquest tots. És clar que no es va pas alliberar de tots els fantasmes al cent per cent. Vam necessitar dos anys per apartar-lo de l'esclavatge de la realitat virtual i encara durant dos més li vam haver de controlar molt de prop els jocs i els contactes amb aquest món que tant l'havia marcat i que creixia d'una manera espectacular. Quan feia poc que havia fet els catorze anys, va perdre l'avi i, per tant, va venir a viure definitivament a casa, amb la Lídia, amb mi, i amb els nostres dos fills, un nen i una nena. De fet ja gairebé ho era, de fill nostre, perquè durant aquells anys tots vam fer el caliu necessari al seu voltant.

Avui, el seu cas ja només és un record en un arxiu, un historial mèdic; quan el veig, miro d'apartar aquella imatge inicial de desvalgut, que tant em va arribar a impressionar. L'evolució, com un dia ja vaig dir a en Faustí Vidal, ens ha portat malalties noves, problemes nous, i ens hi hem hagut d'anar adaptant i hem hagut d'anar-hi trobant remeis, també nous.

Un segle XXI fascinant, oi?

I si em pregunteu per què ho he volgut explicar, us hauré de confessar que no ho sé. O potser sí, potser sí que ho sé una mica.

Al cap i a la fi, sempre aprenem dels errors passats, que per això som el que som.

Simples éssers humans.

Índex

Aquest llibre s'ha acabat d'imprimir el mes de juliol del 2008 als tallers gràfics Unigraf, S.L., Móstoles (Madrid).